AF391037

ION

Tragédie d'Euripide

Fragments

PERSONNAGES DU DRAME

Ion. — Créuse. — Xuthus.

Premier Coryphée. — Deuxième Coryphée.

Chœur de Femmes Athéniennes de la suite de Créuse.

Deux Serviteurs du Temple.

Pallas Athéna.

La Scène est à Delphes devant le Temple d'Apollon Pythien.

Ion

SCÈNE Ire

Ion, sortant du temple

Voici que de son char, de son éclatant quadrige
Le soleil illumine la terre,
Et sa flamme, du fond du ciel, fait fuir les astres
Dans la nuit sacrée ;
Du Parnasse les cimes inviolées,
Toutes resplendissantes, reçoivent
Le disque du jour cher aux hommes.
          (*Regardant l'autel.*)
Déjà de la myrrhe sèche, la fumée,
Vers le toit de Phébus s'envole ;
Déjà s'asseoit sur le divin trépied
La prêtresse delphique, prête à chanter aux Grecs et à crier
Ce que chante en elle Apollon.
          (*Aux deux serviteurs.*)
Et vous, serviteurs Delphiens de Phébus,
Aux sources d'argent de Castalie
Allez, puis, en ses flots transparents
Purifiés, rentrez au temple.
Que votre bouche garde un religieux silence,
Et que d'heureuses réponses
Pour les pèlerins de l'Oracle
Tombent de vos lèvres propices.
          (*Les serviteurs sortent.*)
Nous, reprenant la tâche que depuis notre enfance
Nous ne cessons de remplir, avec des branches de laurier
Et des guirlandes sacrées, de Phébus
Nous sanctifierons le portique, et, d'une pluie fraîche
Nous purifierons le seuil ; quant aux troupes d'oiseaux
Qui pillent les offrandes sacrées,
Mes flèches les mettront en fuite.
Car resté sans mère ni père,
J'entretiens le temple de Phébus,

Le temple qui m'a nourri.

(*Prenant un rameau de laurier à l'autel.*)

Allons ! ô rameau verdissant,
Laurier si beau de mon ministère,
Balaie la cour de Phébus,
A l'entrée de son temple,
Toi, qui viens des immortels Jardins !...
O Péan ! ô Péan !
Heureux à jamais, heureux
Sois-tu, ô fils de Latone !
Oui, c'est une noble tâche,
O Phébus, que j'accomplis devant ta demeure,
D'honorer ainsi ton siège prophétique...
Phébus est pour moi un père,
Oui, je bénis mon dieu nourricier,
Ses bienfaits me font donner
Le nom de père
A Phébus, au dieu de ce temple
O Péan ! ô Péan !
Heureux à jamais, heureux
Sois-tu, ô fils de Latone !

(*Les serviteurs rentrent avec des vases remplis d'eau.*)

Mais je cesserai ce travail,
Ce balayage avec des lauriers,
Et des vases d'or je jetterai
A terre les ondes
Que font jaillir
Les sources de Castalie.
Je répands cette eau en rosée,
Moi pur dès mon lever...

(*Regardant le toit du temple.*)

Ah ! ah !

Voici qu'accourent, abandonnant
Leurs nids, les oiseaux du Parnasse !
Je vous défends de toucher à ce faîte,
A ce temple incrusté d'or.

(*Visant un aigle qui passe.*)

Toi, je t'atteindrai de mes flèches, héraut
De Zeus, dont les serres
Domptent la force des oiseaux.

(*Tournant son arc vers le bois.*)

Encore un autre qui rame vers le sanctuaire,
C'est un cygne. Ailleurs
Ne porteras-tu pas tes pieds de pourpre ?
Dirige plus loin tes ailes,
Descends vers les lacs de Délos,
Tu ensanglanteras, si tu n'obéis,
Tes chants mélodieux.

Ah ! ah !

Quel est ce nouvel oiseau qui s'approche ?
Veut-il, sous le toit, construire
Son nid de chaume pour ses petits ?
Le sifflement de mes flèches te chassera.
N'obéiras-tu pas ? Va-t'en couver
Aux sources de l'Alphée,
Ou dans les bois de l'Isthme !...
Je crains de vous tuer,
Vous, messagers des paroles divines
Aux mortels, mais je suis tout à ma tâche,
Je veux servir Phébus et je ne cesserai
D'honorer mon dieu nourricier.
(Il rentre dans le temple.)

SCÈNE IIe

Entrée du chœur, composé des Athéniennes qui forment
la suite de Créuse, leur reine.

Ier CORYPHÉE

Ce n'est point seulement dans la sainte Athènes,
Qu'on voit de belles colonnes
Aux portiques des dieux, et le culte
D'Apollon gardien des rues ;
Mais c'est aussi chez Loxias,
Le fils de Latone, que sur les doubles frontons
Resplendit la belle lumière.

2e CORYPHÉE, regardant les bas-reliefs du temple

Vois donc, regarde ici,
C'est l'hydre de Lerne que fauche
De sa faux dorée le fils de Zeus ;
Regarde donc, ma chère.

UNE FEMME, s'approchant

Je le vois. Et tout près cet autre
Qui lève une torche enflammée,
N'est-ce pas lui que nous célébrons,
En dévidant notre laine,
Le belliqueux Iolaos,
L'ami qui dans ses travaux,
Suit fidèle le fils de Zeus ?

2e CORYPHÉE

Et regarde aussi celui-là,
Monté sur le cheval ailé,
Il tue le dragon au souffle de flamme,
Le puissant monstre au triple corps.

1er Coryphée

Partout je tourne mes paupières ;
Contemple sur ces murs de pierre
L'assaut tumultueux des géants.

Une femme

C'est ce que nous regardons, amies.

Une autre

La vois-tu là contre Encelade
Tournant la Gorgone et l'égide

La Première, *s'agenouillant*

Oui, je vois Pallas, ma déesse !

2e Coryphée, *reculant*

Eh quoi? n'est-ce pas là la foudre
Pleine d'éclairs et d'orages dans les mains
De Zeus qui frappe de loin.

Une femme

Je vois : le terrible Mimas
Sous ce feu est réduit en cendres.

Une autre femme

Vois, Bromios en frappe un autre ;
De son thyrse au lierre pacifique,
Bacchus tue un fils de la Terre.
(*Ion sort du temple.*)

SCENE IIIe

Le Coryphée

C'est à toi, debout devant le temple,
Que je m'adresse. Est-il permis de franchir
Le seuil du sanctuaire de nos pieds purs?

Ion

Ce n'est point permis, étrangères ;
Si vous avez offert le gâteau devant le temple
Et que vous vouliez une réponse de Phébus,
Entrez dans l'enceinte, mais, sans un sacrifice
De brebis, ne pénétrez pas dans le sanctuaire.

Le Coryphée

Me voici renseignée.
Nous n'enfreindrons pas la loi du dieu ;
Les merveilles du dehors réjouiront nos yeux.

Regardez à loisir tout ce qui est permis.

Le Coryphée

Nos Maîtres nous ont laissées partir
Pour visiter ce temple du dieu.

Ion

De qui vous dit-on les servantes?

Le Coryphée

Le séjour de Pallas est aussi la maison nourricière
De mes rois.
La voici ma maîtresse sur qui tu m'interroges.

Le chœur se range respectueusement.

SCÈNE IVe

Entrée de Créuse.

Ion

Ta noblesse apparaît et ton caractère se devine
A ton air, ô femme, qui que tu sois...
Ah !
Tu me troubles et m'étonnes en fermant tes paupières,
Et en baignant de larmes tes nobles joues
A l'aspect du saint Oracle de Loxias.
Ici, tout le monde, en voyant le divin sanctuaire
Se réjouit, mais toi, tes yeux versent des pleurs?

Créuse

Etranger, il n'est que trop justifié,
Ton étonnement à la vue de mes larmes,
Oui, à l'aspect du temple d'Apollon,
J'ai repassé sur d'anciens souvenirs,
Et, bien qu'ici, j'étais d'esprit dans ma patrie.
O malheureuses femmes !...

Ion

Pourquoi cet abattement inexplicable, femme?

Créuse, *se reprenant avec énergie*

Rien : laissons ces douleurs ; sur le reste
Je garde le silence, toi, n'en aie nul souci.

Ion

Qui donc es-tu? De quel pays viens-tu? De quel père
Descends-tu? De quel nom devons-nous t'appeler?

CRÉUSE

Je m'appelle Créuse et suis née d'Erechthée.
Ma patrie est la ville d'Athènes.

ION

Illustre est la cité de ta demeure et noble
La famille qui te nourrit : combien je t'admire, ô femme !

CRÉUSE

Sur ce point je suis heureuse, étranger, pour le reste, non…

ION

Et quel Athénien, femme, t'a épousée?

CRÉUSE

C'est Xuthus, issu d'Eole et de Zeus.

ION

Est-ce avec ton époux ou seule que tu viens vers l'Oracle?

CRÉUSE

Avec mon époux ; mais il s'est dirigé vers l'antre de Trophonios.

ION

En simple visiteur ou pour une divination?

CRÉUSE

De lui et de Phébus, il ne veut qu'une réponse.

ION

Venez-vous pour les fruits de la terre ou pour vos enfants?

CRÉUSE

Nous n'avons point d'enfants, bien que depuis longtemps mariés.

ION

Jamais tu ne fus mère? jamais? tu es sans enfants?

CRÉUSE

Phébus le sait si je suis sans enfants !

ION, s'approchant de Créuse

Infortunée ! avec tous les autres bonheurs, non, tu n'es pas heureuse !

CRÉUSE

Et toi qui es-tu? Oh ! que, ta mère, je la trouve heureuse !

ION

On me nomme le serviteur du dieu et je le suis, ô femme.

— 8 —

CRÉUSE

Serviteur donné par une ville ou vendu par quelqu'un?

ION

Je ne sais rien, sinon que je suis à Loxias.

CRÉUSE

C'est à mon tour, étranger, à m'attendrir sur toi!

ION

Oui, parce que j'ignore celle qui me mit au monde, celui dont je suis né.

CRÉUSE

Habites-tu ce temple ou quelque autre maison?

ION, *montrant le temple.*

Toute la demeure du dieu est mienne en quelque lieu que le sommeil m'y prenne.

CRÉUSE

Et vins-tu dans ce temple enfant ou bien jeune homme?

ION

Nouveau-né, disent ceux qui passent pour le savoir.

CRÉUSE

Et quelle Delphienne de son lait te nourrit?

ION

Jamais je ne connus le sein, mais celle qui me nourrit...

CRÉUSE

Quelle est-elle, pauvre enfant? Ah! misérable, quelles misères je rencontre!

ION

C'est la prophétesse de Phébus : je la traite comme ma mère.

CRÉUSE

En grandissant, comment gagnais-tu ta vie?

ION

L'autel et les étrangers qui l'approchent me nourrissaient.

CRÉUSE

As-tu donc le nécessaire? Car tu portes de beaux vêtements.

ION

Je suis revêtu des présents du dieu que je sers.

CRÉUSE

N'as-tu pas fait de recherches pour retrouver tes parents?

ION, secouant la tête tristement

Non, car sur eux je n'ai, ô femme, aucun indice.

CRÉUSE

Hélas !
Une autre femme souffre les mêmes douleurs que ta mère !

ION

Quelle femme? Si elle partage mes peines, je m'en réjouirai.

CRÉUSE

C'est pour elle que je suis venue ici avant l'arrivée de mon époux.

ION

Que veut-elle? Volontiers, femme, je lui viendrai en aide.

CRÉUSE, se rapprochant d'Ion avec mystère

Elle veut de Phébus en secret un oracle.

ION

Parle, si tu le veux? Le reste, je m'en charge.

CRÉUSE

Elle eut un fils qu'elle abandonna loin de sa maison.

ION

Cet enfant délaissé, où est-il? voit-il la lumière?

CRÉUSE

Nul ne le sait : c'est là ce que je viens demander.

ION

Et s'il n'est plus, comment a-t-il péri?

CRÉUSE

Elle craint que les bêtes n'aient tué l'infortuné.

ION

Et sur quelle preuve repose sa conviction?

CRÉUSE

Revenue là où elle l'avait exposé, elle ne le retrouva plus

Ion

Sur le sentier remarqua-t-elle des filets de sang?

Créuse

Elle affirme que non, quoiqu'elle ait bien examiné le sol.

Ion

Quel temps s'est écoulé depuis que l'enfant a été ainsi traité?

Créuse

Il aurait, s'il vivait, même jeunesse que toi.

Ion

Hélas! que son malheur ressemble à ma misère!

Créuse

Comme doit te pleurer ta malheureuse mère!

Ion

Ne me ramène pas aux douleurs que j'oublie.

Créuse, à mi-voix

Je me tais, mais achève ce que je te demande ;
Car, étranger, j'aperçois mon noble époux,
Xuthus, qui vient de quitter l'antre de Trophonios.

(Entre Xuthus.)

SCÈNE V^e

Xuthus, s'approchant du péristyle.

Tout d'abord, que le dieu de mes prières
Reçoive les prémices, salut à lui! Salut à toi, femme,
Mon retour trop tardif cause-t-il ton souci?

Créuse

Non, mais tu me surprends dans mes inquiétudes.
Dis-moi quel oracle tu rapportes de chez Trophonios?...

Xuthus

Il n'a pas voulu du dieu devancer la réponse.
Il m'a dit seulement que sans enfant
Je ne rentrerais pas chez moi, non plus que toi, d'après l'oracle.

CRÉUSE, *levant les bras vers le temple*

O vénérable mère de Phébus, puissions-nous sous d'heureux auspices,
    Avoir fait ce voyage !

XUTHUS

Ainsi en sera-t-il. Mais qui donc est ici l'interprète du dieu.

ION

J'ai le soin du dehors : pour l'intérieur, c'est l'affaire des autres.
    (Il sort vers le bois.)

XUTHUS, *montant les degrés*

Bien. Je sais tout ce que je voulais savoir.
Pénétrons dans le temple.
    (Se retournant vers Créuse.)
Et toi près de l'autel, femme, ayant en main
Un rameau de laurier, implore les dieux
Que je rapporte enfin du temple d'Apollon un espoir de postérité.
    (Il entre dans le temple.)

SCÈNE VIe

Hymne à Pallas Athèna

LE CHŒUR

Athèna, je t'invoque,
Toi, que le Titan Prométhée
Fit sortir du front
Elevé de Zeus, ô vénérable Victoire !
Viens vers ce temple pythien,
Et, des lambris d'or de l'Olympe,
Vole vers ces lieux consacrés.

SCÈNE VIIe

ION, *rentrant, au Coryphée*

Xuthus a-t-il quitté le saint trépied, l'oracle,
Ou dans le temple consulte-t-il encor sur sa maison stérile ?

LE CORYPHÉE

Il est dans le sanctuaire, étranger, et n'en a point encore repassé le seuil.
Mais, comme s'il allait sortir, j'entends de ces portes
Le grincement : il sort, voici mon maître, tu peux le voir.

SCÈNE VIIIe

XUTHUS, *sortant du temple.*

Mon fils salut et joie : car ces premières paroles me sont permises.

ION

Salut et joie à nous : Toi garde ton bon sens et tout sera parfait pour tous deux.

XUTHUS, *tendant les bras à Ion*

Donne ta main que je la baise, ta poitrine que je la serre dans mes bras.

ION

As-tu ta raison ou quelque Dieu, étranger, t'a-t-il frappé de démence?

XUTHUS, *s'approchant les bras ouverts*

Je ne suis pas fou, retrouvant mon plus cher trésor, de vouloir l'embrasser.

ION, *le repoussant*

Arrête. En me touchant n'abîme pas la couronne du dieu.

XUTHUS

Je t'embrasserai, ce n'est pas violence, mais je retrouve ce qui m'est cher.

ION, *reculant brusquement et le menaçant de son arc*

Ne reculeras-tu pas que tu n'aies reçu mes flèches dans la poitrine?

XUTHUS, *immobile*

Tue-moi, brûle-moi. C'est de ton père, si tu me tues, que tu seras meurtrier...

ION, *étonné*

Comment es-tu mon père ? Puis-je entendre pareils propos sans rire ?

XUTHUS, *se rapprochant*

Non. Quelques rapides paroles te révéleront mon secret.

ION

Et que vas-tu dire ?

XUTHUS

Je suis ton père, tu es mon fils.

ION

Qui l'a dit ?

XUTHUS

Celui qui t'éleva mon enfant, oui, Loxias.

Ion

Tu ne t'appuies que sur ton témoignage ?

Xuthus

Du moins après les révélations du dieu.

Ion

Tu t'abuses, tu n'as entendu qu'une énigme !

Xuthus

N'entends-je pas nettement?

Ion

Quelle est donc cette parole de Phébus ?

Xuthus, *solennel redisant les termes de l'oracle*

Le premier qui viendrait à ma rencontre...

Ion

Quelle rencontre ?

Xuthus

Au sortir du temple du dieu...

Ion

Quel événement se produira ?

Xuthus

Serait mon fils.

Ion

Fils par le sang ou adoptif ?

Xuthus

Adopté, mais de mon sang.

Ion

Et c'est moi le premier qu'ont rencontré tes pas?

Xuthus

Nul autre que toi, mon fils.

Ion, *rêveur*

D'où me vient cette fortune ?

Xuthus

Nous en avons tous deux même étonnement.

Ion

Mais comment suis-je venu dans ce temple ?

14

XUTHUS

Exposé peut-être par une jeune femme...

ION

O mère chérie, ne pourrai-je voir ton visage ?
Maintenant, qui que tu sois, j'aspire à te voir plus que jamais.
Mais peut-être es-tu morte et ne le pourrai-je plus !...

XUTHUS

En attendant, quitte ce temple et cette vie précaire,
Viens à Athènes, d'accord avec ton père,
Là, où t'attendent le glorieux sceptre paternel,
Et d'immenses richesses...
Tu te tais ? Pourquoi tiens-tu tes yeux fixés à terre ?...

ION

Survenant dans une famille étrangère, moi étranger,
Comment n'encourrai-je pas justement la haine de ton épouse,
Quand elle me verra près de toi, à tes côtés,
Et, que sans enfants elle-même, elle verra pleine d'amertume ton amour pour
[moi...
Laisse-moi donc vivre ici, car c'est le même bonheur
De se plaire dans les grandeurs ou d'aimer son humble fortune.

XUTHUS

Cesse de tels propos et apprends à être heureux.
Oui, je veux ici, où je t'ai retrouvé, commencer, mon fils,
Par un festin public et m'asseoir à table à tes côtés...

ION (suivant son père qui l'emmène.)

J'irai, mais une chose manque à mon bonheur.
Si je ne retrouve celle qui me mit au jour, ô Père,
La vie pour moi n'est plus la vie...

LE CORYPHÉE (montrant Créuse)

Je vois ses larmes et son deuil,
Quels gémissements ! et quels sanglots !...

CRÉUSE

O mon âme, comment me tairai-je?
Me voici sans maison, me voici sans enfants !...
Ah ! c'est à toi que je parle, fils de Latore,
Oui, toi qui à mon époux,
Dont tu ne reçus aucun bien,
Rends un enfant dans sa demeure,
Tandis que mon fils et le tien, inconnu,
A péri déchiré par les oiseaux,
Hors des langes que lui donna sa mère.
(Jetant son rameau à terre et le piétinant.)
Ah ! que Délos haïsse et ton culte et tes lauriers !

⧉ 15 ⧉

ION, *regardant le temple qui s'illumine*

Ah ! dans ce sanctuaire embaumé quel dieu
Montre son visage de soleil !
    (Entraînant Xuthus vers le bois.)
Fuyons, ô mon père, de peur de voir
Les divinités, qu'il ne faut pas regarder !

ATHÉNA, *apparaît sur le seuil du temple*

(A Ion et Xuthus.)

Ne fuyez pas. Ce n'est pas une ennemie que vous voyez :
Mais ici comme à Athènes je vous suis bienveillante.
Moi Pallas, je hâte ma course, pressée par Apollon;
Il m'envoie pour vous révéler ces secrets
    (Montrant Créuse à Ion.)
C'est elle qui t'a mis au monde, ton père est Apollon.
    (A Créuse.)
Prends donc ton enfant, Créuse, et vers la terre de Cécrops
Retourne et sur le trône des rois
    Etablis-le.

CRÉUSE, *se jetant dans les bras d'Ion.*

Oh ! mon fils, rentrons dans notre patrie !

ATHÉNA

    Allez, je vous suivrai.

ION, *agenouillé*

O glorieuse compagne de route !

CRÉUSE

    O protectrice de notre ville !

www.ingramcontent.com/pod-product-compliance
Lightning Source LLC
LaVergne TN
LVHW010253210726
843508LV00019B/1294